Diseño de la colección: Manuel Estrada
Ilustración de la cubierta: Philip Stanton

1.ª edición: octubre 2004
2.ª impresión: septiembre 2006
3.ª impresión: febrero 2009
4.ª impresión: octubre 2010
5.ª impresión: octubre 2012

© Del texto: Juan Carlos Martín Ramos, 2004
© De las ilustraciones: Philip Stanton, 2004
© Grupo Anaya, S. A., Madrid, 2004
Juan Ignacio Luca de Tena, 15. 28027 Madrid
www.anayainfantilyjuvenil.com
e-mail: anayainfantilyjuvenil@anaya.es

ISBN: 978-84-667-4014-2
Depósito legal: M. 43.277/2010
Impreso en ANZOS, S.L.
La Zarzuela, 6
Polígono Industrial Cordel de la Carrera
Fuenlabrada (Madrid)
Impreso en España - Printed in Spain

Las normas ortográficas seguidas en este libro son las establecidas por la
Real Academia Española en su última edición de la *Ortografía*, del año 1999.

O T R O S   E S P A C I O S

Juan Carlos Martín Ramos

Poemamundi

Ilustraciones de Philip Stanton

Prólogo

Si la literatura es una constante crónica sobre las tres heridas del hombre a las que se refería Miguel Hernández —la vida, el amor y la muerte—, la poesía sería el género que las escenifica de manera más evidente. Y como lo que tienes en tus manos es un libro de poemas, te prevengo de que no saldrás indemne tras el viaje por sus palabras, pues en ellas encontrarás múltiples referencias a las tres heridas que nombran la historia de la humanidad. Todo viaje a través de un buen libro nos modifica y no salimos de él igual a como entramos. Y Poemamundi es un viaje por las palabras. Palabras que nombran lo importante:

una gota de lluvia
un pedazo de cuerda
una estrella fugaz
la luna reflejada en el agua

Poemamundi es un viaje a muchos lugares y también y sobre todo a uno mismo, que es al final adonde siempre viajamos cuando recorremos los caminos que describen las palabras de un libro. Y las palabras de este libro ofrecen tantos y tantos caminos:

Hay caminos que van a todas partes,
caminos para ir, para volver,
caminos para llegar
o para perderse.

Sí, caminos para perderse, como deben ser los caminos valiosos; aquellos que sabemos dónde terminan no merecen la pena ser transitados. Sin embargo, los de este libro permiten ser recorridos más de una vez, pues en cada regreso nos conceden el placer de volver a encontrarnos con los lugares que nos emocionaron en la primera visita, igual que el recuerdo del primer beso; y también, por descubrirnos a nosotros mismos en ellos, en lugares y situaciones que no nos imaginamos. Por eso los caminos de la literatura y, sobre todo, los de la poesía, no han dejado nunca, ni dejarán, de ser transitados por los hombres y las mujeres.

Nunca me gustaron los prólogos en los libros de poemas, siento como si uno llevara puestas unas gafas de sol para asistir a la primera mañana del mundo, así que procuraré ser breve. Pero entendía que este libro lo requería, al menos por dos razones. La primera, hacer una inevitable referencia al trabajo de Philip Stanton. Si este libro era ya, antes de aparecer sus ilustraciones, un viaje poético necesario, con ellas se hace imprescindible.

La segunda, deshacer cualquier posible equívoco: este no es un libro de poesía infantil o juvenil, es un libro de poesía, solo eso, ni más ni menos, y no es poco.

Antonio VENTURA

¿A quién dedico este libro?
¿A quien lo lea como algo suyo?
¿A quien nunca lo podrá leer?
¿A quién?
¿A quien vive lejos de su casa?
¿A quien vive lejos de la mía?
¿Se lo dedico a quien no tiene nada
de lo que yo tengo?
¿A quien, sin tener nada,
tiene más de lo que tengo yo?
¿A quién se lo dedico?
¿Al primero que pase?
¿Al último que llegue?
¿A quien se cruza en mi camino?
¿A quién va conmigo?
¿A quién dedico este libro
 si no es a todos y a ninguno,
si no es a nadie que no sea
todo el mundo?

El mundo por delante

Poemamundi

He soltado una bandada
de palabras
que atraviesan las nubes
y las fronteras.
Van y vienen
a merced de los vientos,
navegan por el cauce
de los ríos,
se enredan
en las copas de los árboles,
sobrevuelan montañas
y dejan sus huellas
a lo largo
de todos los caminos.
Algunas palabras
tal vez
se han perdido
en medio de la selva
o en el fondo del mar.

He escrito un verso
con palabras viajeras,
un verso alrededor del mundo.
Empieza y acaba en mi ventana,
salió de mis manos
sin rumbo fijo
y vuelve con el eco de otras voces
y otros latidos de la tierra.

A cada cual la luna

A cada cual su parte.
Un grano del granero,
una gota de lluvia,
un leño para el fuego.

A cada cual la luna
dormida sobre el techo,
las letras del papel,
las raíces del huerto.

Lo que cabe en la mano,
también el mundo entero.
A cada cual su parte.
Nada más. Nada menos.

Una escuela en alguna parte

Mi escuela es tan pequeña
que no cabe el maestro.
Tal vez no tanto,
pero,
en sus cuatro rincones,
apenas hay sitio para guardar
todas las cosas del universo.

Mi escuela está tan lejos
que se sale del mapa.
Tal vez no tanto,
pero el camino es largo
y salgo, cada día,
de madrugada.
Por atajos infinitos,
voy siguiendo las huellas
de mis propias pisadas.

Es tan pobre mi escuela
que, al sumar una y una,
allí no son dos
sino una y media.

Tal vez no tanto,
pero a veces mi escuela
no parece una escuela.
Nadie tira una tiza,
nadie arruga un papel
ni se mancha de tinta.
En mi escuela,
nunca huele a virutas de lápiz
al entrar por la puerta.

Pero mi escuela es tan pequeña,
tan pobre
y está tan lejos,
que no es solo una escuela.
Es tan pequeña
que crecemos por dentro.
Está tan lejos
que, al llegar, nos sentimos
como en casa.
Es tan pobre mi escuela
que, a falta de libros y cuadernos,
aprendemos a escucharnos
y le ponemos nuestra propia voz
a las palabras.

El mejor juguete del mundo

Juego en mitad del desierto
con un pedazo de cuerda,
con mi pelota de trapo,
con un puñado de arena.

En un rincón de la selva
dos latas son mis dos zancos,
con ellos cruzo el arroyo
y juego a ser el más alto.

En un paisaje de escombros
sé imaginar una casa,
a mis amigos del parque,
las palomas en la plaza.

En cualquier parte del mundo
puedo buscar un tesoro,
inventar mi propio cuento,
sin nada, tenerlo todo.

El pan de cada día

Que el pan que llegue a mi mesa
sea pan.
Pero que antes de ser pan
eche raíz en el campo,
que del grano salga harina,
que la harina se haga masa
en mis manos.

Que no nos caiga del cielo,
que mi casa huela a pan
recién hecho.
Así el pan de cada día
será de verdad el nuestro.

Pase lo que pase

Lo que pasa en cualquier parte del mundo
pasa también en cualquier rincón
de mi casa.

Puedo escuchar en el jardín un pájaro
que ahora canta entre las ramas de un baobab,
en África

La lluvia que dibuja pequeñas venas transparentes
en el cristal de mi ventana,
es la misma que cae sobre un lejano suburbio
con techos de hojalata.

Las huellas de barro junto a la puerta
no son mías.
En algún lugar, después de mucho tiempo,
un soldado ha vuelto a casa.

Pase lo que pase en cualquier parte,
está pasando también sobre esta página.

Estatuas y palomas

En la punta del sable de algún héroe,
en las fauces rugientes de un león.
Sobre un ángel caído de las nubes,
en las mágicas manos de un pintor.
Sobre reyes y dioses del Olimpo,
sobre un sabio que enseña la lección.
Sobre dos personajes que, al galope,
se escaparon de un libro de ficción.
En la pluma oxidada de un poeta
que se duele por no sentir dolor.
Sobre tristes figuras sin cabeza
o barbudos que ignoras quiénes son.

Puedes ver, de repente, una paloma
en cualquier estatua, en cualquier rincón.

Pero ¡qué pena!, ¡qué desilusión!,
que entre tantas palomas no aparezca,
con su rama de olivo, la que anuncia
que el cuento de la guerra se acabó.

Mar soñado

He soñado un nuevo mar
que une todas las orillas,
que no pregunta al borrarla
si la huella es tuya o mía.

Un nuevo mar transparente
que se calma si lo miras,
con un puerto para el viento
y barcos a la deriva.

Un mar que sacia la sed,
que si te pierdes te guía.
A quien lo cruza le esperan
como una buena noticia.

El planeta-laberinto

Hay caminos que van al norte,
que van al sur,
caminos que van al este
o al oeste.

Hay caminos que van a todas partes,
caminos para ir, para volver,
caminos para llegar
o para perderse.

Hay caminos que se cruzan,
que nunca se encuentran,
caminos que van al mismo sitio
por atajos diferentes.

Hay caminos invisibles,
que pasan de largo, que te esperan,
caminos donde nunca has estado,
caminos que son el camino de siempre.

Dentro de la maleta

Dentro de la maleta
llevo lo necesario,
el polvo del camino
y otro par de zapatos.

Llevo dentro un espejo
donde pasan los años,
el rumor de una fuente
y la sombra de un árbol.

Llevo un rojo horizonte
y una página en blanco,
una estrella fugaz
y el humo del tejado.

Dentro de mi maleta
cabe lo necesario,
el norte de la brújula
y el sur hacia el que vuelan
los pájaros.

Un mismo idioma

1

Sobre la arena blanca,
al son del djembé,
mi sombra baila
y, si me paro,
se suelta de mis pies.

2

En medio del mercado,
el vendedor de maíz
sopla su quena.
Cierro los ojos y no sé
si suena cerca o lejos
o dónde suena.

3

Junto a la Gran Muralla,
cuando pulso las cuerdas
del zheng,
desde el otro lado acuden
todos los pájaros
al cerezo pintado
en mi taza de té.

La bola del mundo

—Mi bola del mundo gira
cuando quiero, porque es mía.

—¡Cuidado, que no se caiga,
que el mundo se rompería!

—La paro en cualquier momento
con solo mover un dedo.

—¡Cuidado, sé más prudente,
que el mundo no caiga al suelo!

—Consigo sin más ni más
que dé vueltas hacia atrás.

—¡Cuidado, cabeza loca,
que este mundo es de cristal!

—Cuando toque mi tambor,
dará un salto y... ¡Ay, ay! ¡Oh!

—¡Te lo dije! Trae la escoba,
que ya el mundo se rompió.

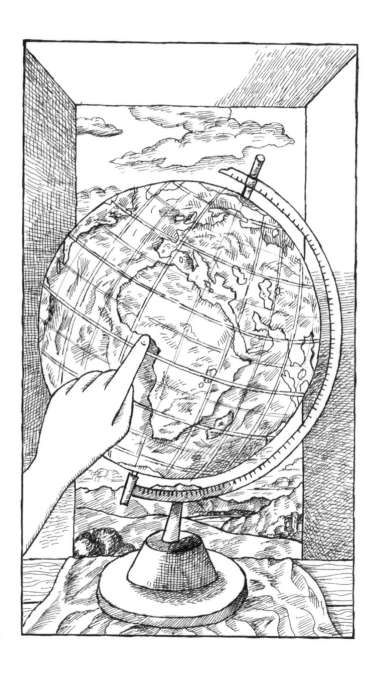

Alrededor de otros mundos

El juego de hacer posible lo imposible

«*Cómo atar los bigotes del tigre*».
Gloria FUERTES

Yo sé tocar la luna,
encontrar una aguja en el pajar,
contar el infinito con los dedos,
buscar un fin al cuento de nunca acabar.

Yo sé parar el tiempo,
en un día dar al mundo ochenta vueltas,
hablar y que se entienda en todos los idiomas,
cambiar por paz el cromo de la guerra.

Yo sé poner el cascabel al gato
y sé, querida Gloria, cómo atar
los bigotes del tigre.
Aunque solo sea un juego,
nada más que jugar
a hacer posible lo imposible.

Autobiografía de un títere

*«Entonces, el titiritero sacó del bolsillo
un títere casi tan viejo como él».*

Javier VILLAFAÑE

Respetable público,
tengo poco que contar,
pues la historia de mi vida
empieza, pasa de prisa
y ya está.

Respetable público,
el titiritero y yo
tenemos la misma edad,
su mano es también mi cuerpo
y sus arrugas las mías,
además.

Respetable público,
he viajado por el mundo
sin salir de este lugar,
la ventana del teatro,
un país donde lo grande
y lo pequeño
caben igual.

Respetable público,
no puedo hablar con voz propia,
pero siempre estoy de acuerdo
cuando me toca anunciar:
«¡Señoras y caballeros,
no se olviden de aplaudir
al final!».

El buscador de palabras

«*Cómo se llama la luz*
que entra de noche
por la ventana».
David CHERICIAN

No encuentro una palabra que rime
con el murmullo del mar.

¿Qué frase suena igual
que el ruido de mis pasos?

Mi imagen del espejo,
¿se llama como yo?

¿Dónde están las palabras
que he tenido en la punta
de la lengua?

Busco, de la A a la Z,
el nombre de todas las cosas.
Y, para despedirme,
una palabra
que nunca signifique «adiós».

El mapa de los países imaginarios o verdaderos

«En el país de Nomeacuerdo
doy tres pasitos y me pierdo».
Mª Elena WALSH

En el país de Salsipuedes,
hay un laberinto que crece y crece.

En el país de Nuncajamás,
hoy es ayer y mañana ha sido ya.

En el país de Ningunaparte,
puedes pasar de largo sin enterarte.

En el país de Sanseacabó,
solo se dice hola y adiós.

Del país
(más conocido como reino) del Revés,
¿quién no se sabe la historia del pájaro
y el pez?

He olvidado el país de Nomeacuerdo,
pero si tú dices que has estado allí,
debe ser cierto.

Duendes en el humo de las teteras

¿Quién se atreve a «dibujar
el aire entre las palabras»,
«duendes en el humo de las teteras»*,
la voz del eco cuando saludas al paisaje?

¿Quién se atreve a pescar
la luna reflejada en el agua,
la pata de palo de un pirata,
una botella con el mensaje de un náufrago?

¿Quién se atreve a viajar sin brújula
por el desierto de un reloj de arena,
por el bosque de un cuento
sin saber los peligros que acechan
a la vuelta de la página?

¿Quién se atreve a plantar hojas secas
para que crezca el otoño,
o una caracola en el jardín
para que brote el mar
y se arrastre mansamente hasta la puerta
de casa?

¿Quién se atreve a levantar la mano
cuando preguntan la lección que enseña
a tener tus propios sueños?

---

* El texto entrecomillado pertenece a *Un tiesto lleno de lápices*, de Juan Farias. Madrid: Espasa-Calpe, 2001.

El mundo en mis manos

La casa de las palabras

Mi casa está llena de libros,
llena de puertas sin cerradura,
de gatos que entran y salen,
de relojes parados en distintas horas
y en distintos años.

De vez en cuando hay niebla en el pasillo,
un perchero florece en primavera,
cruza por el salón una bandada de pájaros,
se escucha dentro del armario el tambor
de una tormenta.

A mi casa se llega sin preguntar.
Puedes entrar cuando quieras,
puedes abrir todas las ventanas
para que el aire se convierta en un tapiz
de rayos de sol entrelazados.

Elige el camino más corto.
Dejo todas las noches una luz encendida.
El viento te llevará, si tú quieres,
hasta la luna de hojalata
que gira en su veleta.

El libro y sus alrededores

He llegado al punto final.
Cierro el libro y miro
a mi alrededor.

Cada cosa sigue en su sitio,
a pesar del naufragio
del capítulo dos.

Sin darme cuenta,
ha anochecido.
En la última página,
cuando el tren se alejaba,
salía el sol.

He estado a la vez
dentro y fuera del libro,
libre entre las cuatro paredes
de mi imaginación.

Hojas sueltas del calendario

Un lunes de enero,
hay gotas de lluvia
en el paragüero.

Un jueves de mayo,
la luna redonda
madura en el árbol.

Sábado de agosto,
el mar viene y va,
pero no lo cojo.

Martes de noviembre,
por la calle vuelan
todos mis papeles.

Gira el agua en el desagüe

Gira el agua en el desagüe.
El girasol,
de la mañana a la tarde.

Gira el tiempo en la pared.
En el aire
las agujas no se ven.

Gira el pez en el acuario.
La bandada de gaviotas
sobre el barco.

Gira el cazo en el puchero.
Los palillos del tambor
entre los dedos.

Giran la rueca y el hilo.
Don Quijote,
en las aspas de un molino.

La mirada de mi gato

No sé si me mira a mí,
si me está viendo o me ignora,
no sé si sabe quién soy,
si ve mi cara o una sombra.

No sé si mira siquiera
cuando de pronto algo nota,
se queda quieto, da un salto
y caza al vuelo una mosca.

No sé si sabe mi gato
que duerme sobre mi alfombra,
que se frota entre mis piernas,
que se relame a mi costa.

Mi gato nunca es mi gato,
va y viene si se le antoja,
es muy suyo y le da igual
cualquier nombre que le ponga.

A veces, cuando me mira
y yo lo miro, algo nota,
y de pronto ya no sé
si él es mi gato o yo su mosca.

Álbum de fotos

Ya no me parezco al niño
de la foto
que sonríe en el tiovivo.

Me apretarán sus zapatos,
y seguro que ese charco
donde salto en otra página
del álbum
ya
se ha secado.

Lo que pasa en mi diario

Cuando paso las hojas,
pasan los días.

Repaso mil historias.
Algunas son verdad
y otras, mentira.

En las fechas que faltan,
¿qué pasaría?

Cuando cierro el diario,
lo que pase por dentro
no es cosa mía.

Las cuatro llaves

Guardo una llave
bajo la almohada,
la llave de abrir la puerta
de la mañana.

Guardo una llave
en la maceta,
en mi balcón abro y cierro
la primavera.

Dentro de un libro
guardo una llave,
la llave de abrir los ojos
sin despertarse.

Guardo una llave
que no hace falta.
Por la cerradura el viento,
sin llave, pasa.

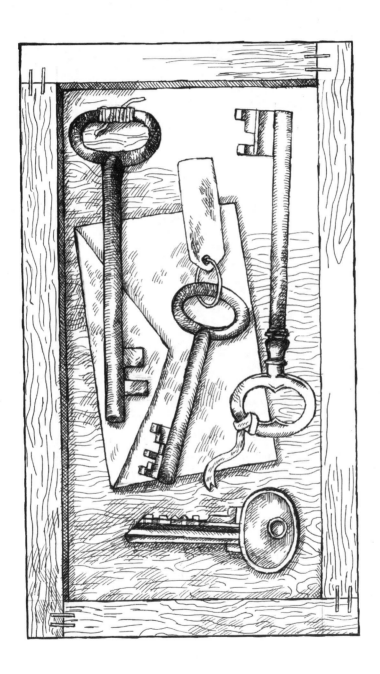

La letra pequeña

Me gusta leer todas las letras
al final de la película,
descubrir lo que se esconde
debajo de la palabra «etcétera».

Me gusta saber el nombre del vecino
que viaja conmigo en ascensor,
conocer la dirección exacta
si me preguntan por tu calle.

Me gusta ver de cerca
las finas arrugas de tu cara,
diferenciar las hojas de los árboles,
las pequeñas islas anónimas del mapa.

Me gusta señalar las fechas en el calendario,
poner los puntos sobre las íes,
que no falte ni una coma
si, al despertar, me cuentas
las historias que has soñado.

La última página

Es mi última oportunidad.
Debo elegir bien las palabras,
que digan lo que quiero decir,
que cuenten su verdad a la cara,
que hablen si es preciso por sí solas.

Debo dejar las cosas claras,
que no haya puntos suspensivos
al final de la página,
que no queden títeres sin cabeza
ni pájaros dentro de la jaula.

Antes de que cierres el libro,
quiero dar los pasos que me faltan,
salir a tu encuentro,
que en la tierra que piso también esté tu casa,
que puedas reconocer en el aire
el rostro que dibujan mis palabras.

Índice